Gracia Iglesias

Guridi

LATAdeSAL
Gatos

Ser gato y ser curioso son dos cosas casi inseparables.
Moustache era un gato elegante, refinado y guapo,
un gato con buenos modales y muy coqueto.

Pero, por encima de todo, Moustache era curioso.

No había puerta que no quisiera pasar,
ni guiso que se resistiera a probar.

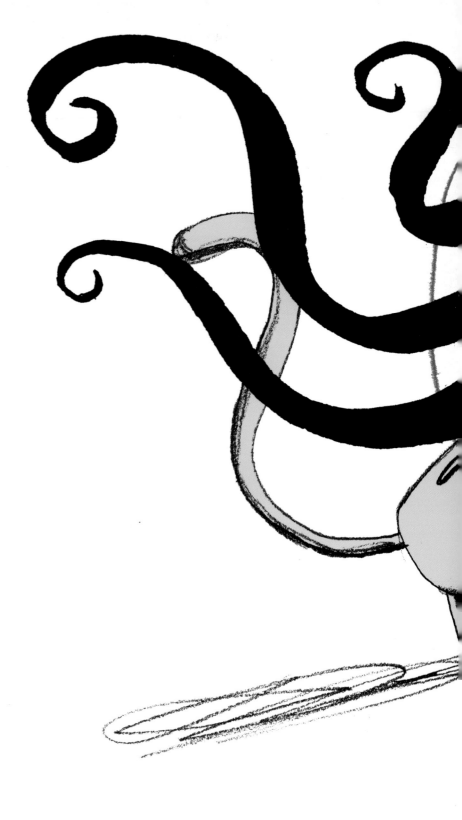

Ni agujero que no deseara explorar.
Pero ser curioso tiene sus peligros.

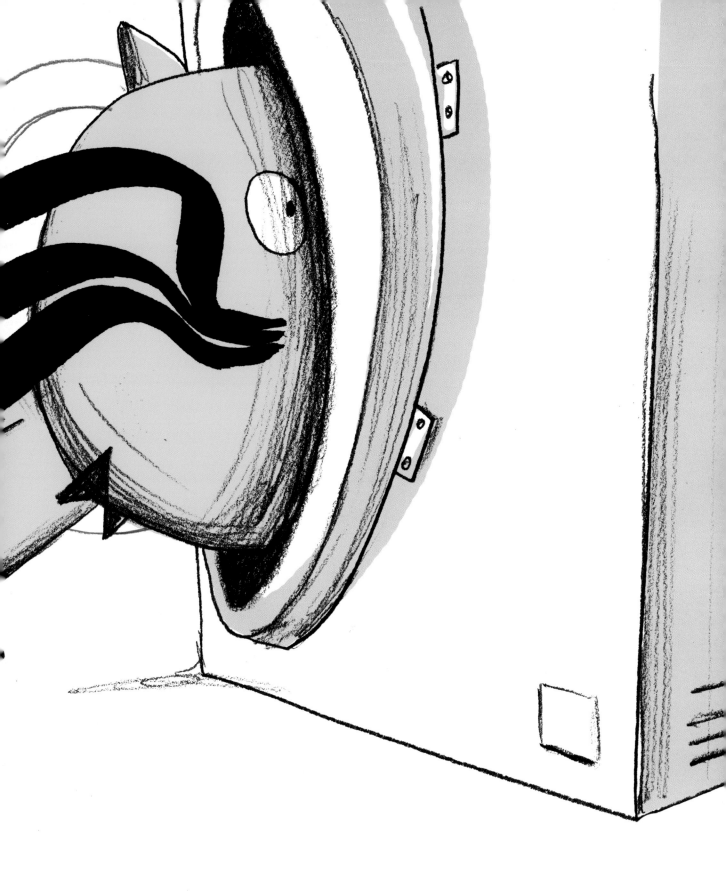

Un día Moustache vio un objeto
extraño encima de la mesa.

Era de colores, brillaba y olía... bien,
sí, olía bien. Se acercó a mirarlo mejor.
Dentro parpadeaba una lucecita amarilla.
Estaba calentita y...

¡MIAUUUUUUU!

Al arrimar el hocico a la cosa brillante
los bigotes de Moustache ardieron como cerillas.

Moustache maulló, corrió y agitó la cabeza hasta que los bigotes se apagaron. Todo había acabado bien. ¿O no?

Cuando se vio reflejado
en el espejo, el elegante
y coqueto Moustache se llevó
un gran disgusto.

—¡Oh, mis preciosos bigotes!
¡No puedo quedarme así!

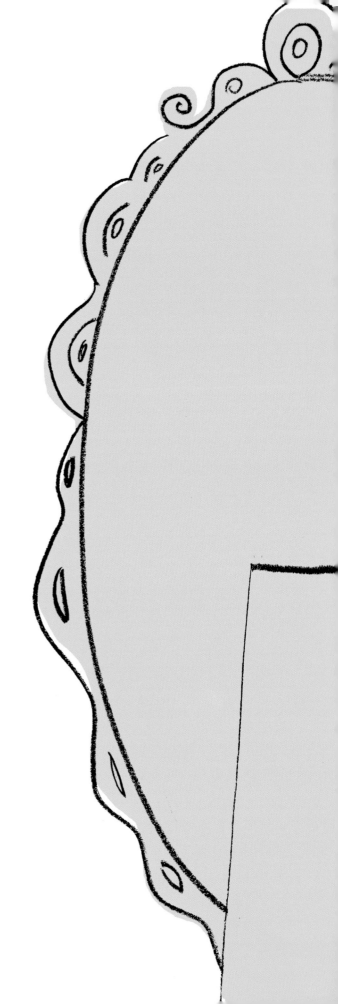

Ni corto ni perezoso, Moustache decidió comprar un bigote postizo. Como le daba mucha vergüenza que lo vieran con el hocico quemado, se puso una bufanda y un sombrero, y salió a la calle.

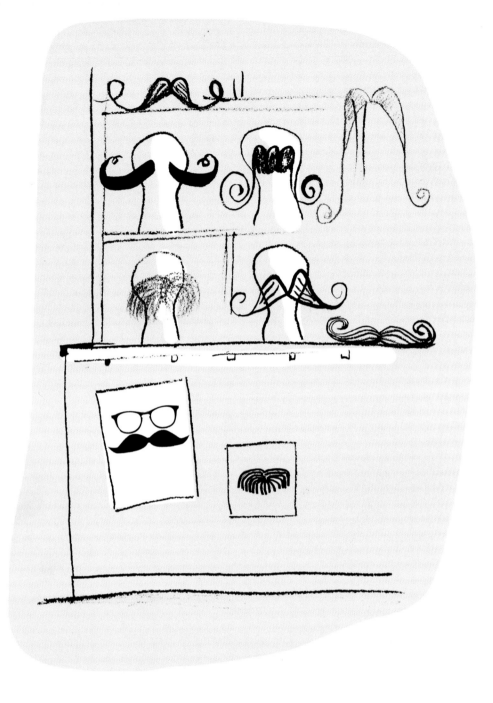

En la tienda de postizos el dependiente
le enseñó todos los modelos.

Moustache los probó todos.

Pero ninguno
era como sus finos
y delicados bigotes
de siempre.

Dispuesto a no
desanimarse, al final
eligió un bigote elegante
y distinguido.

Y se fue convencido
de que le sentaba
de maravilla.

Pero nada más poner un pie en la calle todo el mundo empezó a señalarle. Las risas dieron paso a las carcajadas.

jï jï jï jï jï...

ja ja ja ja...

JUO JUO JUO...

je je je je...

—¿Habéis visto ese gato? ¡Qué ridículo está!

Moustache corrió a esconderse,
triste y cabizbajo.

—¿Qué haces aquí? ¿Qué te pasa? —le preguntó
un niño que le había descubierto.

Porque los niños son casi tan curiosos
como los gatos.

Al ver que el niño no se reía de él,
Moustache se quitó el postizo
y le enseñó el desastre.

—Todos se ríen de mi nuevo
mostacho pero es que...
¡Me he quemado los bigotes!

El niño se acercó para mirarlo
y se quedó pensativo. Luego, sin decir
nada, rebuscó en su mochila.

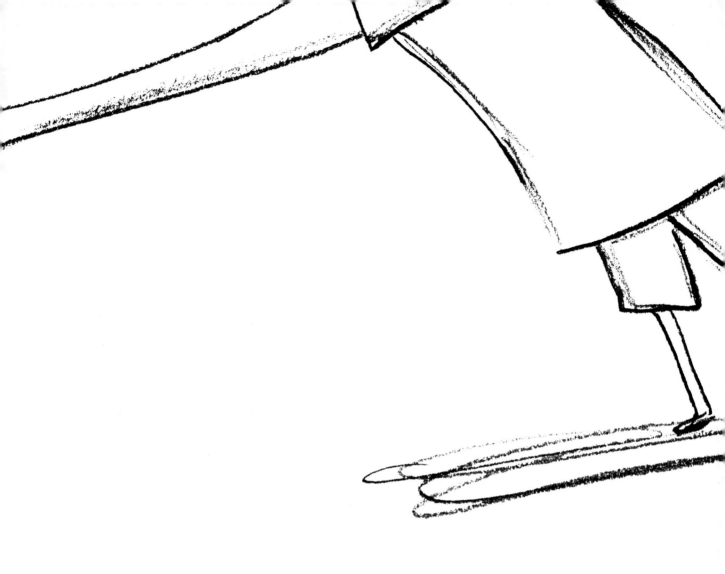

—Estate quieto —dijo.

Y con un rotulador muy fino, dibujó seis
líneas finas a cada lado de la nariz del gato.

—¡Ya está!

Al verse reflejado en un charco
del suelo, Moustache sonrió.

—¡Perrrrrrrrrrfecto! —ronroneó.

Dio las gracias al niño y se
marchó feliz con la cabeza alta,
muy orgulloso de volver a ser tan
elegante, refinado y guapo.

Título original: *Moustache*
© del texto: Gracia Iglesias, 2015
© de las ilustraciones: Guridi, 2015

© Lata de Sal Editorial, 2015

www.latadesal.com
info@latadesal.com

© del diseño de la colección y la maquetación: Aresográfico

ISBN: 978-84-944343-1-0
Depósito legal: M-27688-2015
Villena Artes Gráficas - Impreso en España

En las páginas interiores se ha usado
papel estucado semimate FSC de 170 g
y se ha encuadernado en cartoné plastificado mate,
en papel FSC de 135 g sobre cartón de 2,5 mm.
El texto se ha escrito en Eames Century Modern.
Sus dimensiones son 205 × 265 mm.

Y todos los bigotes que les caen a Chasis y a Logan los guardamos.
Por si acaso.